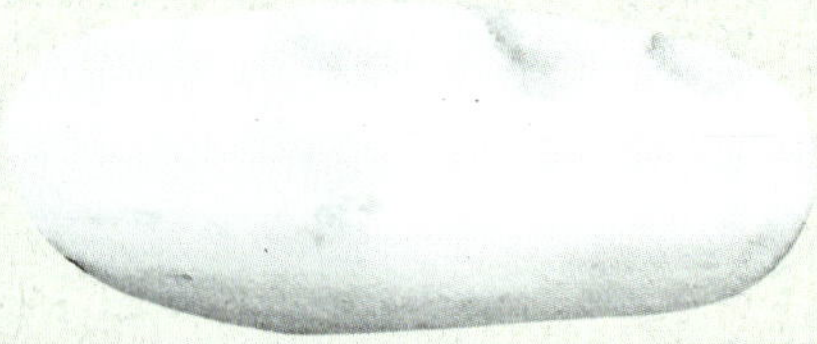

Gedruckt nach der Richtlinie des
Österreichischen Umweltzeichens
„Druckerzeugnisse“,
Christian Theiss GmbH, Nr. 869

FSC
www.fsc.org
MIX
Papier aus verantwortungsvollen Quellen
FSC® C012536

Druck und Verarbeitung:
Christian Theiss GmbH, St. Stefan im Lavanttal
ISBN 978-3-7117-4002-1
Printed in Austria

Informationen über das aktuelle Programm
und Veranstaltungen des Picus Verlags unter
www.picus.at

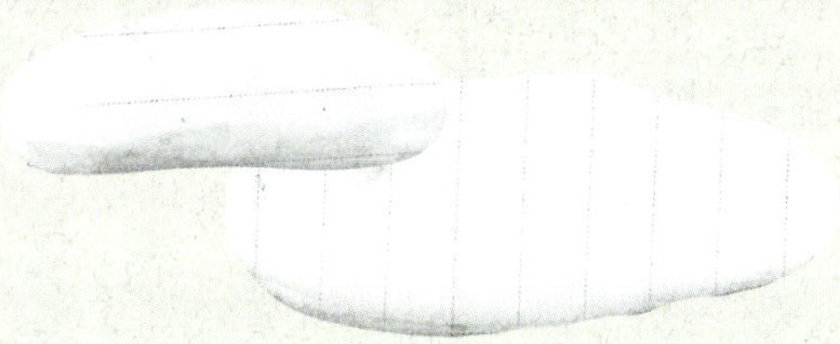

Birgit Unterholzner Clara Frühwirth

Vielleicht warst du ein Flügelschlag

Picus Verlag Wien

Warum bin ich auf der Welt?, fragt Felicia.
Weil wir uns dich gewünscht haben,
sagt brummend wer.
War das ein Bär?
Soooo sehr?, fragt Felicia
und streckt weit die Arme.
Genau so, sagt Papa.

Wo komme ich her?
Aus meinem Bauch, antwortet Mama.
Und wie kam ich da rein?
Mama zuckt mit den Schultern und
schneidet Zitronenscheiben.
Zitrone muss spritzen, denkt Felicia.
Kreuz und quer und wild würde ich sie hacken.
Und bei Zwiebeln kein bisschen weinen.

Papa kichert: Bevor du geboren wurdest, bist du mit den Mücken im Kreis geschwirrt.
Mit den Mücken?, fragt Felicia ungläubig.
Ja, du warst winzig. Papa nimmt ein Reiskorn und wirft es in die Luft.
Sie lacht und es fliegen zwei Hände voll Reis.

Felicias älterer Bruder grinst: Du warst ein Schimpansenbaby. Eine Ziege an der Leine. Ein Ohrwurm. Du stammst bestimmt aus dem Tierreich.

Wo komme ich her?, fragt Felicia die schwarze Katze.
Vermutlich vom Dachgiebel, es ist der höchste Ort,
den ich kenne. Ich wurde dort in einem Weidenkorb geboren.
Felicia klettert aufs Dach, aber dort gibt es nur rote Ziegel
und keine Antworten.

Vielleicht warst du früher ein Baum, raunt das weite Land
und rollt sich über die Hügel.
Ein Regenbaum. Ein Möwenstrauch. Eine flirrende Birke.
Eine flirrende was?
Wenn ich tatsächlich ein Baum gewesen bin,
dann ein Drachenbaum.
Huaaah, ruft Felicia und erschreckt eine Ameisenkolonne,
die übers Dach läuft.
Felicia starrt in die Wolken, träumt.

Aber warum bin ich jetzt die, die ich bin?
Das weiß der Wind, wispert eine Wolke.
Felicia staunt, die Wolke war eben noch ein Hexenhut
und nun ist sie ein Elefantenzahn.
Der Wind braust, der Wind johlt, frag die Sterne,
sie sind Millionen Jahre alt und wissen mehr als ich.

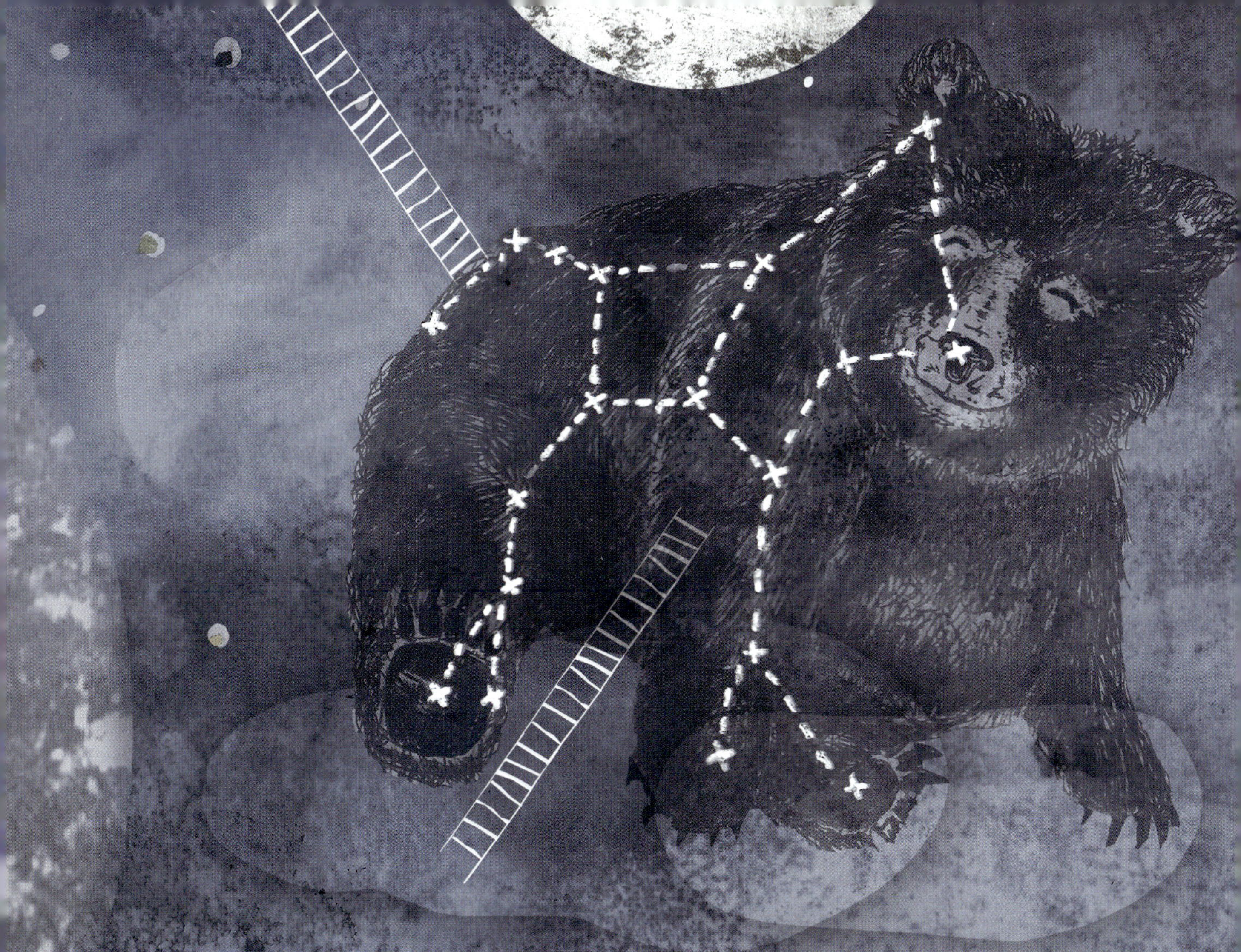

Felicia klettert über eine Hängeleiter.
Sie entdeckt Monde, Sonnen und Milchstraßen.
Eine Sternenmühle. Allerlei Leuchten.
Vielleicht warst du ein Hoffnungsstern, lächelt brummend wer.
War das ein …?
Nein, nein, kein Bär.

Felicia beugt sich ins All. Sehr weit. Ein Loch reißt
bedrohlich sein Maul auf und beinahe stürzt sie
hinein. Wo komme ich her? Felicia zittert.
Das schwarze Loch hallt: Du kommst aus dem
Nichts und gehst ins Nichts.
Das Nichts ist kaltschnäuzig und roh.
Es frisst Menschen, Tiere und Sterne.
Brrrr. Felicia wünscht sich fort von ihm.

Sie schnippt mit den Fingern.
Eins, zwei, drei. Die Luft anhaltend
springt Felicia auf die Erde zurück.
Eine Bauchlandung im Regenwald?
Kopfüber ins arktische Meer?
Aber nein, Felicia landet weich.
Der Mond zwinkert freundlich
durchs Fenster.
Glück hat sie immer.

V-2

War Felicia eine Mondwandlerin?
Ein Marionettenspieler?
In einem erloschenen Garten.
Vielleicht warst du ein Traum,
flüstert der Traumfänger.
Einer aus Tausendundeiner Nacht.
Ein Sandkorn in der Wüste.
Ein Flügelschlag.
Ein blühender See.
Oder doch eine Büffelkröte?

Vielleicht warst du ein blauer Vogel.
Ein stiller Fluss. Ein Stein.
Ein Krokodil, das mit der Meerfrau Walzer tanzt.
Oder du warst ein Lied.
Ein Lied, das vom Himmel fällt.

Felicia öffnet die Augen.
Mama sitzt im Speicher, auf den alten Matratzen, und summt.
Sie streicht Felicia ein Haarbüschel aus der Stirn.
Ihre Hände riechen noch nach Zitrone.
Mit einem Mal prustet Felicia los:
Mama, vielleicht warst du eine Zitrone?
Gelb und nichts als sauer?
Es erklingt ein Lachen auf dem Dach. Auf der Welt.
Und dieses Lachen hat Felicia erfunden.

Vielleicht. Vielleicht.
Wer weiß das schon.